三文楽士はかくつぶやく

堀沢 広幸
HORISAWA Hiroyuki

文芸社

目次

十人十色（二〇二一年十二月）

日中になって秋晴れのようなさわやかさだった。コンサートも近いし、ケーナを持って久しぶりに公園に行った。

いつもの東屋をみると、これは残念、先約がいる。お年寄りが一人、お弁当の包みを開いていた。できれば東屋で練習したい。自然エコーは最高。気持ちよく吹ける。

（でも、食事中に、悪いかな…）

何しろケーナの音は大きい。遠慮して少し離れた所でやったが、少し心配だ。

思い出せば今年の春頃、ショックなことがあった。酔っぱらいの男性が近づいてきて、こう言われた。

「みんな静けさを求めて、この公園にやって来るんだ。お宅の笛は合わないんだよ！」

酔っていたから本心とも言える。気が乗らず、それからしばらく公園に行かなかった。

だがあの日は朝だった。今日は日中だし。なのでまさかとは思いながら、練習させてもらったのだ。と、後ろに気配がする。

ドキッとして見ると、先ほどのお年寄り。

体がこわばった。だがその老人は実に穏やかな顔で、こう言った。

「いい気持ちで聴かせていただきました。プロの方ですよね？」と。

その方は、食べ終えたお弁当を包みながら、自分のことを話し始めた。七十代かと思ったら、八十二歳だという。自分は長く音楽人生を歩んできたが、癌の手術を受けて力がなくなり、もう昔のように楽器をいじれなくなった。もっぱら今は聴くことで癒されているんですと。

騒音に聞こえる人もいれば、癒しに聞こえる人もいる。つくづく人はいろいろ。

お互いに住所を教え合って別れた。私こそが癒され、勇気をもらった出会いだ。

主役になりたい（二〇一一年頃）

「還暦コンサートをやることにしました」とAさんが言ったのは半年前だった。

私が講師に通っているH市の人で、ケーナを始めて五～六年。いつもカバンに忍ばせひまさえあればピーピーやってるので、奥さんにはかなり迷惑がられていたらしい。

ケーナだけじゃない。チャランゴ、ギター、サンポーニャと、フォルクローレの楽器を一通りそろえ、さらに音響機器まで買った。器用貧乏かな？と思ったら、コンサートの日を決めてから、ぐんぐん上達した。Aさんの好きな合い言葉は「継続は力」。

さて「コンサート」当日。結婚式会場をイメージしていたら、場末のカラオケボックスである、ウナギの寝床のような薄暗い一室。

親族、友人、十数名が寿司詰めにされ、私としては興ざめだった。でもAさん動ぜずさっそくマイクを握る。

「人は誰でも、生まれた時と死んだ時の二回だけ人生で主役になれるといいます。これではつまらない。生きてる時にやらなくては」

と、さすが営業マンらしく話はうまい。

次にAさんのお兄さんが、A家の由緒ある家柄を長々と語って、やっと乾杯。

近親者がAさんの人柄を述べ、友人がAさんの長い会社勤めの労をねぎらう。

陰気だった部屋も、気がつけば結婚式のような温かいムードが流れていた。

さて、アトラクション。Aさんが全て主役。サークル仲間が伴奏役。最後はAさんお得意の「灰色の瞳」でしめた。

奥さんが私の耳元で嬉しそうにささやく。

「家で聴くのと大違い！　感動しました」と。

今日ばかりは友人知人に囲まれ、幸せそうなAさんだった。

みんな主役になりたいんだ。それにはAさんの言うように、「継続は力」を信じて何かをやること、かな？

ゴンドラの歌（二〇一二年一月）

元旦の計、今年は何にしようか、つらつら考えていると、実家のマンションで、バッタリ、Aさんに会った。介護士さんに車椅子を押されていた。私が管理人をやっていたその時以来だったので、六～七年ぶりだ。Aさんは優に八十歳は超えていたと思う。

私を見るなり情けない顔で一言、

「とうとう、こんなになっちゃった」と。

いたわりの言葉を探し、私は苦しまぎれに、

「私も、同じようになりますし…」

といった。でも何という情けない言葉だろう。これではただの同情ではないか……。

Aさんと言えば『ゴンドラの歌』のピアノを思い出す。我々が管理人を退職する頃に、部屋からよく流れてきた。

「命短し、恋せよ乙女…」

いつもたどたどしいピアノだったが、それが、かえってAさんの一生を物語っているよ

うに思われ、しみじみと聴いていた。

思えばマンションができた当初からの知り合いだ。銀座にキャバレーを持ち、羽振りもよく、男性の出入りも多かった。海外に行けば必ずお土産を買ってきてくれた。なぜか生涯独身。仕事を辞めて以来は、夏冬には必ず愛犬を連れて伊豆の別荘で過ごした。

私はいつも大通りまで荷物運び。小さなマンションで住民による雇われ管理人だったから、Aさんとも管理人を超えたつき合いができたのだった。

そのAさんが今は車椅子。自然の成り行きとは言え寂しい。もっとAさんに気の利いた希望のある言葉がなかったろうか？

今年の三月にあった大震災でも、困難から立ち上がって、生きぬこうとしている人々を見てきた。今度会ったらこう言おう。

「肉体の衰えはあっても、気持ちは別ですよ。死ぬまでは、生ききりましょうよ！」と。

「よし！」私の今年の元旦の計は決まった。

――生ききろう！

先生なるもの（二〇一五年十月）

考えてみれば、私はずっと〝先生〟をやっていた。子どもの時分は友達の家にそろばんを教えに行ってた。大学では家庭教師、その後学習塾。カルチャースクールの講師。現在はオカリナケーナ教室の〝先生〟。

特に教えるのが好きなわけじゃない。むしろ自分の興味を中心に生きてきた。責任感の点では甚だ自信がない。なのに…なぜ先生？

教室ではたまにこう言ったりしている。

「〝先生〟って先に生まれた人だよね。早く始めたからみんなより上手なだけなんです。特別な人じゃない」と。

実際〝先生〟の立場って楽じゃない。先日もオカリナ教室でのこと。年の頃七十歳。口数の少ないAさんにこう言った。

「最高音のミの音が低いから、その音はもっと強く吹いて」と。するとAさんは突然、

「私にどうしろと言うんですか！　強く吹くとキツイ音が出るから、きらいなんです」

声を荒げて言うのである。強制したわけではないと説明し、他の人も弁護してくれたが、Aさんは退会された。

月謝を頂く以上、上達させねばと焦る余り、強制を感じさせてしまったのだ。コミュニケーションの難しさを痛感。

それから半月後。いつも一生懸命なBさんの笛の音がやけに良かったので、「練習したんでしょ？ 今日はとてもいい音が出てますね」と褒めたら「初めて褒められた」と、ぶっきらぼうに返された。

大らかな方と、安心していたのが甘かった。

何も言わないと無視されていると思うのだろう。日頃の不満もたまっていたよう。

私の〝先生〟は失敗や反省だらけ。でも辞めようとまでは思わなかった。生活の為無理したわけでもない。実際心配は多いが、教えられることの方が多かった。そう。もしや〝先生〟を続けられる人って、逆に教えられたい人なのかもしれない。

地球は狭かった！（二〇一六年三月）

今年は暖冬だったと言うが、年々春の待ち遠しくなる思いは増すようだ。

その日は陽気がよく、ようやくH公園に出て行った。笛の練習だとて最低限の身だしなみもと思ったが、相変わらず、くつろいだ格好の怪しいオジサンのままだった。そんな時に限って声をかけられるのが女子高生。

「いい曲が聞こえたんで…」

スマホ片手に自転車、颯爽と近づいてきた。

「ハアー」

気の抜けた返事にも、彼女は気にしない。屈託のない明るい笑顔で、実にフレンドリー。

「カナダのお父さんに聞かせてあげたいの」

（カナダのお父さんて？）

この彼女、どう見ても日本人の顔だが…。

訊けばカナダにホームステイに行ってたらしい。その家の〝お父さん〟ということだ。

スマホの画面を見せてもらうと、なるほど白人の男性（五十歳くらい？）が、表情豊かに私に喋ってる。何か吹けばいいのだと思って〝早春賦〟をやった。あわてていたからうまく吹けたかわからない。

「ベリーナイス…」

とでも言ってくれた気がする。オジサンの私も何か応えなければ。冷や汗たらたらで、

「サンキュウーベリーマッチ」

と言ったつもりだが、果たして…。

「私の英語〝お父さん〟に通じたかな？」

「大丈夫ですよ」

彼女は余裕の笑顔で返してくれた。

女子高生のノリに、終始ハラハラ…。ミニミニお芝居でもやってる緊張感だ。

それにしても、飛行機で何十時間もの遠い国の人と顔を見て会話できるなんて、信じられない。それとも私と言うオジサンが化石人間なのかしらん？

今さらだが、人間の力はスゴイ。半世紀前のガガーリン少佐の気分で、私も言いたい。

「地球は狭かった！」

強い意志が（二〇一六年十二月）

十二月は別れの季節のようだ。わが家から望めた黄金色の銀杏並木だが、堪能する間もなく葉を落としてしまった。

ポストにも次々と喪中葉書の到来。お別れの知らせでいっぱいだ。

「兄が孤独死してた。葬儀は、おれ一人。姉も、もうすぐ逝きそう」

とあるAさんは三十年前、ケーナを共に習った同窓生。青森出身のズーズー弁が懐かしい。

そして「七月に義母が九十歳で永眠、夫が十一月に遷化し…」とあるBさんは、お寺に嫁いで二人の幼児を抱えるまだ三十代の女性。音大出のマリンバ奏者。七人バンドで一緒に公演もやった仲間だった。私も昨年母を亡くし、未だに欠落感がある。お二人の苦しみ哀しみを思うと胸が痛む。

さらに、オカリナ教室でクリスマス会コンサートをやった際、打ち上げで盛り上がってる最中に突然Cさんが、

「退院した主人が家にいるので、練習ができないし今回で退会したい」と。

いろいろ別れ話を聞くと気が滅入ってくる。だから私は、他人に別れ話をしたくない。入会したらつぶれるまでやる癖がついた。

優柔不断とも、粘り強いとも言える。

年末恒例の〝街の風コンサート〟も今度で二十五回目になる。かと思えば私以上に粘り強い人もいる。指の病気で十年間〝キラキラ星〟しか吹けなかったDさんが、このクリスマス会で初めて〝家路〟を吹いた。感動だった。Dさんは言う。

「吹けなくてもオカリナが好きだったから」

粘り強さと言うより、私は、好きプラス強い強い意志があったからだと思う。

別れの悲しみ苦しみに浸っているだけでは、同情はされても感動はされない。希望を感じられる表現にしなくては…。コンサートまであと数日、眠れない日々だ。

非正規のプロ？（二〇一七年二月）

数十年来の音楽仲間が「堀沢さん、生活、どうしてるの？」と心配してくれた。（はて？　生活って、経済生活？）と私は戸惑い、苦しまぎれに「何とか生きてるよ」と応えたが、どうも釈然としない。

でもこう言う質問はこの友人だけでない。いわゆるプロになれていない私が、どうしていつまでも音楽を続けているの？　と言う心配のようだが…。

どうも世間では、音楽でしっかりお金を稼げるのがプロで、そういうプロは特別の才能の持ち主だけと思われてるようだ。つまりプロとはお金力、そして才能と言うわけだ。ところで昨今の子どもの将来の夢の一つに「正規職員になること」があったと言う。〝非正規〟とはアマチュアで、不安定で貧しい人生。一方〝正規〟はプロで安心安定ゆとりある人生、と言うことのようだ。

ならばずっと〝非正規〟暮らしだった私は貧しい人生だったということになる。

確かに小さな塾や、新聞配達、管理人と定職に就いたことがなかった。でも、おかげで長兄の管理人を手伝え、老母の介護もやれた。合間に音楽の練習ができ、定年なしの音楽の仕事ができている。〝非正規〟で不安定だったが、貧しい人生とは思っていない。

プロって何だろう？　お金を稼げることがプロなのか？　私もプロを目指したい。だがお金を稼げるプロを目指していない。

音楽の心や技を磨き、人と感動を共有できる力を持つ人がプロでいいのでは？

私は、私流の音楽活動で地元社会に役に立てている実感が、ささやかにでもある。小さな誇りと共に、小さなプロを感じている。とは言え、これからは大きなプロも悪くない。

「堀沢さん、生活どうしてるの？」の問いには「君の言う生活って？」と、逆に問い返してやりたかったと、今にして思う。悔しい！

実は奥さん…（二〇一七年七月）

陽気のいい日だった。Kさん御夫婦が、公園通りのベンチで一休みの様子だったので、

「こんにちは、仲むつまじいですね」

声をかけると、御主人は、

「夏のコンサート、二人でまた行くよ」

幸せそうな顔で応えられた。

もう半年以上前のことだったろうか？

その日夕方、Kさん宅に町会費をもらいに行った時のこと。呼び鈴を押しても、返事がない。階段を下りかけてたら、ドアが開いて奥さんが現れた。

「集金に来たんですが…」

と言うと、奥さんは引き返し、戻ってくると持ってきたガマ口を開けた。と、玄関の靴入れの上に小銭をばらまいてしまった。見ると十円、五円、一円のばら銭ばかりだ。

「これで足りますか？」と。

硬貨を拾いながら、奥さんは私に訊く。

「あれ？」

怪訝そうな私の顔を見てとったのか、

「主人が帰ったら…」と言う。

（もしかして…）

その日はとりあえず引き返した。

数日後だった。Kさん宅に集金に行くと御主人が出てきた、やたら上機嫌に言う。

「この間は悪かったね。お宅、音楽やるんだって？　今度ウチのと一緒に見に行くよ」

どこで情報を仕入れたかわからないが、ともかくもありがたい。

（それにしても、ご夫婦一緒にだなんて、ほんとに来てくれるのだろうか…）

コンサートの日。果たして、Kさんはご夫婦だけでなく、何と若夫婦も一緒だった。

休憩時間にKさんたちにお礼のあいさつに行くと、御主人は嬉しそうに言った。

「お宅、なかなかやるねえ。ああこれ、ウチの息子夫婦。家内の付き添いだよ。音楽は認知症にいいんだって言うからさ」

音楽の力（二〇一七年八月）

北朝鮮の挑発もあるだろう。きな臭い空気が漂っている。音楽に関わる人間としても、何らかの声を発したい。八月とあればなおのこと。そんな矢先、〝東京大空襲〟の朗読劇のバック音楽の協力を依頼された。

〝東京大空襲〟とは、七十二年前の三月十日、三百機ものアメリカのＢ29の絨毯爆撃によって十万人以上の命が奪われた空襲である。

早乙女勝元氏自らの体験を基に描かれ絵本を、脚本化し朗読劇にしたものである。この悲惨な出来事を次世代にも伝えたいと言う制作者の一念で企画された。だが、〝東京大空襲〟という重いテーマのものを、お客さんがお金を払ってまで来るのだろうか？大ホールでの公演だ。それなりの役者や演出も必要であろうに…。

そんな老婆心をしながら、リハーサルに参加した。劇団員、音響、照明、舞台…総勢二〇～三〇人はいたろうか、企画の趣旨に賛同し手弁当で協力しようというのだ。私だけではない。おそらく「今語らずして、いつ」との危機感だったのだろう。

「台本を読んでないで、前を見て！」

演出家の厳しいお叱りの声が飛び交う。

寄せ集め団員ゆえの困難さがあるようだ。

脚本が劇化される過程を見ているうちに、私達の気持ちも変わった。生死を彷徨う炎の渦中で、人々がどのように行動したか、一人一人の台詞が人間の真実をえぐる。

節目節目に我々五人の音楽が入る。ギター、サンポーニャ、バイオリン、チャランゴ、ピアノのアンサンブルが、臨場感を与える。劇らしく深みが演出されていく。

オペラ歌手がテノールで序章と終章の詩を歌う。その迫力にはまるで七十二年前の空襲に遭遇したかのような錯覚をしそう。歌の力を遺憾なく見せつけ圧巻だった。

大企画に立ち会えたことを光栄に感じた。

魂を呼ぶケーナ（二〇一八年二月）

ケーナを吹きたいと思ったのは「コンドルは飛んで行く」の笛に憧れたからだった。大自然の広がりを感じ、心が解放された。

慣れない都会生活で、人のしがらみに疲れていた当時の自分が思い出される。子どもの頃「死者の魂を呼び寄せるから、夜は笛を吹くな」と言われた。竹笛は幽霊の出てくる気味の悪いイメージだった。

その自分がケーナをやり始めて間もなく、〝魂を呼ぶ笛ケーナ〟と聞いて驚いた。「魂を呼び寄せる」ことは、実は気味悪がる幽霊のイメージではない。むしろ愛すべき亡き人と再会できる嬉しいことなのだと、いい歳の大人になってわかった。

洗練された西洋楽器に比べ、土臭く人の声に似た生々しさがある。そんな音色だから魂を呼び寄せてくれる気がする。

このケーナが主役の南米のフォルクローレを、劇に使いたいと協力を頼まれた。〝ある夏の絵〟と言うタイトルの芝居だ。

高校の美術部の生徒達が、被爆者から当時の広島の町の様や、被爆者の苦しみ哀しみを絵にしていくと言う実話を元にした芝居だ。

人生経験の未熟な高校生が、被爆体験を聞いて絵にするのは容易でない。だからこそ絵に仕上げるまでの葛藤がドラマになる。

被爆者からみれば、二度と思い出したくない体験である。だが本当のことを知ろうとする高校生のひたむきさに、突き動かされた。

生徒達自身が、ある使命感を持ってそのむごい現実と向き合ったのである。

演じる側だけでない。お芝居を観る側も覚悟がいる。そんな重い内容だからこそ、リズミカルで力強いフォルクローレの音楽が合うのかもしれない。エンディングの曲「アンデスのケーナ」が流れた時、私は思わず涙した。

ケーナの響きに、今は亡き被爆者の魂の叫びが聞こえた気がした。

故郷は…（二〇一八年八月二十四日）

毎夏、〝ジャパベトナム〟と言う、ベトナムの貧困家庭の子どもを支援する団体の主催するチャリティコンサートに出演している。

留学生のベトナム民族音楽が主だが、アルゼンチン出身の牧師さんの強い希望で、南米音楽の我々も招かれる。

私の中のベトナムはと言えば、七〇年代のベトナム戦争だ。日本から飛び立つ爆撃機がベトナム人の血を流していたことへの抗議のデモに、当時学生だった私も参加した。

この日、歌や演奏を披露する若者は、当時戦火をかいくぐって生き延びた人達の、孫になるだろうか。戦争を知らないこれら若者達の歌や演奏を愛おしい気持ちで聴いた。

ゆったりしたメロン川の流れ、田を耕し作物を育てる父母の労苦を思う歌…。

家族や自然を愛する、素朴でまっすぐな気持ちは、古き良き日本を思い起こさせる。

ダンバウと呼ばれる一弦琴や、竹製の横笛も、日本の楽器に類似して親近感がある。

これらの留学生がそのまま社会人として日本に残って働く人も多い。

介護士のRちゃんは、在学中に私のコンサートで、少数民族の楽器トルン（竹製の木琴のような楽器）を演奏してくれた。

日本には竹筒に水を流し「コトンコトン」と鳴る風情を楽しむ文化があるが、素材は同じでもお国柄によって様々である。

千葉在住の、楽器何でも大好きのG君。体も一回り大きくなって落ち着いていた。「念願だったソロ演奏ができて幸せです。…日本に来ていると、ふるさとベトナムの土を思い出します」と語る。

ふるさとへの思い溢れる笛の音を聴いているうちに、かの有名な文句が浮かんだ。

—故郷は遠きにありて思うもの
故国を思うベトナムの若者のひた向きさに心が洗われた。未来に希望あり。

Aちゃんの「なごり雪」（二〇一九年九月）

「歌や演奏、パフォーマンス、やってみたい人、集まれ！」

昨年から「音楽村」と名づけて始めたライブ。三回目となる今回は、長年の音楽仲間だったAちゃんも出演とのこと。

もう十数年前だ。伴奏役講師として私も加わっていたカルチャースクール仲間の熟年バンドの前に、若い二人組の女性が現れた。

相方の三線に合わせて、ギターを弾きながら「島人ぬ宝」「三線の花」と沖縄のビギンの歌を歌ってたのがAちゃんだった。

夢と希望に満ちた、まだ二十代前半の女性、その存在だけでも、バンドに活気を与えてくれたが、歌もうまい。透明感のある声もいいし、滑舌がいいので歌詞が届く。

沖縄の歌は親兄弟、家族のことを書いたものが多い。世代間で意識の隔たりが少ない。そんな沖縄の家族の歌を、Aちゃんが歌うと、まるで遠く離れた彼女自身の家族のことを歌っているように聞こえる。

鹿児島出身のAちゃんは、東京で教員として重度の子ども達の〝院内学校〟に勤務。何ヶ月に一回という頻度で亡くなる子どもを目前にすると、心が壊れそう。そう我々によく話してくれた。音楽はAちゃんにとって癒やしの場だったにちがいない。

バンドは六〜七年続いた後、親の介護で田舎に帰る人、自身の体調不良もあって、解散。でもAちゃん達二人組は、その後も私が地元で企画したライブに時々出演してくれ、ファンも多くいた。そしてAちゃんは〝院内学校〟から中学校の国語教師に異動。それを聞いて私も「ホッ」としていた。

今回は一年ぶりの「音楽村」出演。二人はプログラムのラストだ。拍手されながら舞台に上がったAちゃん。「ん?」なぜか手ぶら。

相方も三線でなく、ギターだった。

「イルカの『なごり雪』を歌います」

二人は〝七十年代フォーク〟もよく歌ってた。(でも、この季節になぜ?)意外な選曲だった。透明感のある声が会場を包む。

歌い終わると相方が急に真顔になって。

「Aちゃんから、重大な報告があります」

「…」

Aちゃんは口ごもった。

「早く、自分で言いなさいよ」

相方に促され、ぽつりぽつり、

「今回で…〝音楽村〟は最後にしたいと思って来ました。実は…」

と、話し始めた。

「私は、小さい時から本を読むのが好きだったので国語の教師になり…続けてきたのですが、どうしても体がいうことをきかず…実は、この春で教員をやめました…」

猫背で丸く小さな小さな体で、いつも脚を引きずっていた。音楽する上で支障はないし、我々はそれがAちゃんだと思って、〝障害者〟のイメージはなかった。

中学校に異動した時も、思春期の少年少女を相手に、苦労もあるだろうが、頭の切り替えもよく、明るく前向きなので乗り切れるだろうと思ってた。でも困難はAちゃん自身の問題だけではなかった。実は御主人も、車椅子を必要とする〝障害者〟なのだ。

思い起こせば、喫茶店でのライブの時だった。

車椅子でやってきた御主人を、メンバーみんなで駅まで迎えに行ったものだ。

Aちゃんは続ける。

「…夫のこともあるので、在宅でできる仕事を考えました。今は苦手な法律の勉強の最中なんです。きわめて難しい資格なので、死ぬ気で勉強しないと…。大好きなギターも処分しました。だから今日は手ぶらです。すべて退路を断ってしまいました」

持ち前の笑顔とさわやかな話しぶりに、会場は「フッ」と、ため息がもれた。

「いい情報が、入ったら連絡してね。また歌を聴かせてくれる日、待ってるから」

私はAちゃんに一言、言って別れた。

ふるさとは遠く（二〇二〇年五月）

わがマンモス団地の公園には、季節が良くなるとよく外国人が涼みにやってくる。星空を眺めて、故郷を思い出しているのかも…。

ケーナを始めた頃、この公園に練習に来ていた。のびのびやれるからいい。

今はもっぱら公民館だが、今年はコロナで休館。でもたまには思い切り音を出したく、久しぶりに公園に来た。自粛の影響か、東屋も人気がない。しめしめである。いい気分で吹いていると、女性の声だった。

「それ、パラグアイの曲ですよねー！」

懐かしそうに言う。パラグアイ人で、毎年五月の連休に公園で催す「パラグアイフェスタ」にも出演したこともあるという。知人のアルパ奏者の名を出すと、すぐ反応。

コロナのことも忘れて、すっかり話が弾んでしまった。だがそのフェスタも、今年は中止だと。いずこも悩みは同じよう。

それから、数日後。年頃三十くらいの東南アジア系の大柄な男性に声をかけられた。

片言の日本語で、

「あの…母のうた…やってくれます？　私のお母さん…、きのう、亡くなった…」

目に涙をためている。聞けばここの団地に住んで数年。ミャンマー（ビルマ）人だと言う。

何とかリクエストに応えてあげたい。日本の「母さんの歌」を吹くと、男性はスマホの録音を操作していた。ついでにもう一曲、ビルマの歌で…思い出すのが映画「ビルマの竪琴」の挿入歌「埴生の宿」だ。これなら聞いたことがあるようだ。思い出しながら吹くので私は精一杯。果たして心に響く演奏になったかどうか…。

「ビルマに、帰らなくちゃいけないのでは？」

話しかけると、思い出したように、

「でも…今、コロナ…飛行機…だめ…どうも…ありがとう」

男性はまた涙をぬぐい、帰って行った。

おナツばあちゃんと大ケヤキ（光が丘、今は昔のお話）

1

こうえんの　大ケヤキの前では、きょうも
こんなはなし声が　します。
「なんて　大きくて　りっぱな　ケヤキなんだろう。まるで　だいぶつさまのようだよ」
すると　そばにいたおばあさんが、つぶやきました。
「そりゃそうさ、へいたろうちゃんの　大ケヤキだもんね、ふふふふ」
このまちのはずれの　おナツばあちゃんでした。

2

おナツばあちゃんは　八月十五日の　きょう　九十歳になりました。
けさも「よっこらしょ！」と、ものほしだいに上がると、大ケヤキに向かって、手をあわせます。

とおいむかし　日本が　大きなせんそうをはじめたころの　ことでした。

3

ナッちゃんちは、だいこん　にんじん　きゃべつなどの　やさいのうかでした。学校からかえると　畑のおてつだい。とったやさいを　リヤカーにつんで　井戸の水であらい、きれいにします。

おてつだいが　おわると、へいたろうちゃんちに　あそびにいきます。

4

ケヤキのある　大きな庭が　みんなの　あそびばでした。

ナッちゃんも　男の子にまじって、ぼうきれで「エイ、ヤー！」と、ちゃんばらごっこ。

「ナツは　女の子だ。男の子は　てかげんしろよ！」

「あたし　へいきよ」

といっても、へいたろうちゃんは　いつも　ナッちゃんを　かばってくれました。そんなやさしい　へいたろうちゃんが　ナッちゃんは　すきでした。

5

村まつりでは、はっぴをきて、おめんをかぶって　はちまんさまの　けいだいに　あつまります。

「ドンツクドンドン、ヒュルル　ルルーン」

「ドンツクドンドン、ヒュルル　ルルーン」

やぐらの上で　笛やたいこが　なります。

からだの大きい　へいたろうちゃんは　おとなにまじって　たいこを　たたきます。

「きょうは　村のまつりだ　ドンツクドン。きつねもたぬきも　ドンツクドン。森のことりも　ピーチクパーチク　ドンツクドン」

手びょうし　足びょうし。夜のふけるまでうたったり　おどったり…。

6

男の子たちは　わかものになりました。国のきまりで　へいたいとして　よその国にたたかいに　行かなくてはなりません。
自分から　へいたいになる　わかものも　いました。へいたろうちゃんも　そのひとりでした。

「どうして　へいたいに　なりたいの？」
ナッちゃんが　きくと
「〝お国のため〟に　やくにたちたいんだ」
と、いうのです。

7

せんそうは、はげしくなってきました。
ナッちゃんの村に　ひこうじょうが　できることになりました。畑がなくなって　多くの人が　村をさって行きました。
林の木も　みんなきられました。村で一番大きい　へいたろうちゃんちの　ケヤキはきられませんでした。ひこうきが　おりるときの　目じるしになるからと　いうのです。

8

長く　つづいたせんそうは　日本がまけておわりました。それは　ナッちゃんの　たんじょうびの日の　八月の十五日でした。
（はやく　かえってきて）

ナッちゃんは　へいたろうちゃんに　あえる　うれしさで　いっぱいでした。
でも　それから半年、一年たっても　へいたろうちゃんは　かえってきませんでした。

9

ひこうじょうは、がいこくの　へいたいさんの町に　なってしまいました。
広い　みどりのしばふ。白いかべに　赤レンガのいえ。おみせや学校、こうえんもある
おとぎの国のような　町でした。
かってに　中に入れないよう　まわりに　かなあみが　はられていました。
へいたろうちゃんのケヤキは　こうえんのまん中に　まだ立っていました。

10

ある夏のこと。へんなうわさが　ありました。まわりの　草はらから、日の丸をつけた
へいたいさんの　ゆうれいが、出たというのです。きみがわるい　というので　すぐに草
が　かりとられました。
「へいたろうちゃん。やっぱり　生きてたんだね　はやく　あいたいよ」
その日から　ナッちゃんは　まいあさ　ものほしだいに　上がっては　ケヤキに向かっ

てはなしかけました。

11

その夏の　八月十五日です。その夜、ナッちゃんは　むしあつくて　ねむれないので
かぜにふかれようと　ものほしだいに　あがりました。

(また、畑しごとが　したい。ちゃんばらごっこも、村まつりも　やろうね)

ナッちゃんは　ぶつぶついいながら　うたたねをしていました。

と、大ケヤキのまわりが、ボワッと　明るくなったのです。

(何だろう?)

ナッちゃんは　ゆかたのまま　とびだし　へいたいさんの町へ　走って行きました。

(あれ?　町がない)

人のけはいはないし　赤レンガの家もない。草だけが　ぼうぼうのびているのです。

かなあみをくぐると、ナッちゃんは　草をかきわけ　大ケヤキに向かって　まっしぐら。

と　きこえてきたのです。

「ドンツクドンドン、ヒュルルル　ルルーン」

「ドンツクドンドン、ヒュルルル　ルルーン」

（こんな夜ふけに、なんだろう？）

12

「きょうは　村のまつりだ　ドンツクドン。きつねもたぬきも　ドンツクドン。森のことりも　ピーチクパーチク　ドンツクドン
ここは　ぼくらの村さ　ぼくらのは畑さ。
森も　ことりも　ともだちさ♪」
大ケヤキのまわりで、おめんをつけた　わかものたちが、はっぴをきて　うたったりおどったり…。
（たいこを　たたいている…あれは？　へいたろうちゃん！）
ナッちゃんは　草むらを　とびだしていました。
それからさき　何が　どうなったのか　おぼえていません。
気がついたら　ナッちゃんは　ものほしだいの上で　たおれていたのです。

13

あれから　どれくらいの年月が　たったでしょうか。

ようやく　がいこくのへいたいさんたちが　自分の国に　かえることになりました。
へいたろうちゃんのケヤキも　びっくりするほど　大ケヤキに　なっていました。
ナッちゃんも　すっかり　おナツばあちゃんに　なっていました。
（こんどこそ　こんどこそ　村が　もどってくるよ。みんな　かえってきて　いいのよ）
目には　うっすら　なみだが　にじんでいました。

14

まもなく　大きなマンションが　たち、バスやでんしゃが　通る大きな町ができました。
テニスコートや　やきゅうじょう。森や池のある　大きなこうえんも　つくられました。
こうえんのまん中には　へいたろうちゃんの　あの大ケヤキが　立っていました。
こうえんの　なまえは　〝大ケヤキこうえん〟でした。

15

きょう　八月十五日は。ナッちゃんの九十回目の　たんじょうびです。
オナツばあちゃんは　きょうも　こうえんにやってきて　大ケヤキを見あげて　はなしかけます。

（あの夜のできごとは　ゆめじゃないよね？　へいたろうちゃん）

「ドンツクドンドン　ヒュルル　ルルーン」

「ドンツクドンドン　ヒュルル　ルルーン」

オナツばあちゃんの耳には　今も　笛やたいこの音が　きこえていました。

まなざし

彼女は毎日やって来た。見た感じはどうみても五〜六十代。化粧っ気はなく髪もとかしていない。真冬だというのに、いつも同じ薄手の着古しのコートを羽織ってやってくる。スーパーのレジ打ちをやってる美枝さんは、この数週間ずっと彼女のことが気になっている。というのも、彼女が店にくるのは判で押したように、夕方の五時過ぎ。買う物と言えば、決まって二個入りのカニクリームコロッケパック、それだけだ。しかも必ず消費税を含めた１０８円を用意している。

よほどカニクリームが好きなのか、それとも、お金に困って、これで夕飯を済ませているのだろうか。たしかにコロッケ二個あれば、それなりに空腹は満たせる。それとも、他にわけがあるのだろうか…。

その日も五時過ぎ、彼女はやって来た。何かあったのか、今日はそわそわしている。

その様子に気をとられ、美枝さんは、代金１０８円のレシートを渡して、それで済んだつもりになっていた。

「袋、いただけないんですか。このスーパーは、無料なんですよねえ」

彼女のまなざしが美枝さんを刺した。

「すみません」

あわてて渡すと、彼女は不機嫌をあらわにして、足早に出て行った。

(あーあ、またやっちゃった)

不手際にため息をつく美枝さん。

(たかが袋一枚。あんな怖い目でにらまなくてもいいじゃない。明らかに私に対する敵意だわ。『お金に困ってるからって。バカにしないで』とでもいいたいのかしら)

気にしやすい美枝さんにはちょっとのことでもこたえる。落ちこむまいと自分に言い聞かせ、忘れようとした。

ところが、忘れられなくなった。翌日から、彼女がパタリと来なくなったからだ。

(よっぽどプライドが高いんだ。まさかお店に、クレームの電話まではしないとは思うけどなあ…)

店長の顔が浮かぶ。

「ちょっとでも失礼があれば、それが噂になる。〝おもてなし〟のできてない店だとね」

口癖のようにいうのである。

（今度彼女が来たら、丁重に「先日は気がつかないで」とでも、お詫びしておこうかな）

次の日から、夕方五時が近づくと、美枝さんは店の入口に視線を貼りつけた。

だが、その後もずっと、彼女は来ていない。

そして二週間余り経った。

美枝さんが、その日、仕事を終えた帰りのこと。地下鉄W駅の階段を下りていると、上ってきた女性が、美枝さんを振り向き、なつかしそうにほほえんだ。そして軽く会釈した。

美枝さんも、すぐに会釈し返したものの、

（でも、今の人だれ？）

うっすらお化粧した品のいい顔立ち…見覚えはある。でも思い出せない。

階段を下りきったところで、ふり返った。

彼女は地上に出て曲がるところだった。

（もしかして…まさか）

胸が高鳴る。ベージュの小ぎれいな服装だが、あの顔は…ひょっとして。でも若過ぎる。どうみても四十代だ。それにしては、あのほほえみは何なの？　もし彼女だとしたら、自分に敵意はないということかしら。だったらもう、お詫びはいらないってこと。

何があったんだろう。美枝さんの中に、新たに謎の解けない不可解な感情が湧いてきたのである。

翌々日の朝。美枝さんが出勤で地下鉄に乗っていると、N駅で山野さんと乗り合わせた。息子の野暮用につきあわされて遅れてしまったという。高校生と中学生の息子を持つ肝っ玉母さんだ。スーパーから歩いて五分。牛丼屋の店員。主任をやってる。

「何せうちの店は、私のおしゃべりで、繁盛しているのよ」

いつも大見得を切っている。美枝さんとちがって、全然悩まないタイプ。陽気でおしゃべり。いてくれるだけで楽しくなる人だ。

美枝さんは何度か山野さんの店に食べに行っている。電車通勤こそしているが、元々牛丼屋の近くで生まれ育った地元人間だ。お客も、友人知人の地元の常連さんばかり。店の中はいつも活気でみなぎっている。

美枝さんはチャンスとばかりに、例の彼女の話をした。

「身だしなみを考えないお客さんなの。それが私のミスで、パタッと来なくなっちゃって。ミスっていっても、たかが袋一枚、渡し忘れただけですよ」

「クレーマーって、そんなもんなのよ、ミスが大きいの小さいのじゃないのよ」

自信たっぷりに断言する山野さん。

「私、あやまるつもりで、ずっと待ってたんです。でも翌日から…。そしたら昨日」

だんだん興奮してきた美枝さん。

「待って！　つまり、あなたは、その人が何者なのか、あたしに教えてほしいってわけね」

「だって山野さん、この辺で顔広いでしょ」

「まあね。いいわ。だったら最初からちゃんと話してよ。どんな人なの。その彼女」

山野さんの目が、がぜん輝やいた。

美枝さんは、レジで見た感じのままを細かく話した。それを山野さんは刑事さんまがいに腕を組んで、「ふーむ」とうなる。

「髪をふりみだして、着古しのコート…。地味でおとなしめ。毎日夕方の五時過ぎに買い物。怒った時のまなざしは鋭い。怖い感じ。それで、他に特徴は？　買う物なんかで」

「あ、そう。肝心なこと忘れてた。それがね、買い物は、いつも二個パックのカニクリームコロッケだけなんです」

「わかった。琴音ちゃん！　琴音ちゃんだわよ」

「知ってるんですか」

「もちろんよ。〇〇寺の御住職の娘さんだもの。昔いっしょに遊んだことだってあるわ。

器量がいいから男の子にもてててね。それに頭もいいでしょ。とにかく時間も約束も、何事にかけて几帳面。おとなしめに見えて気が強くてさ、なにせ御住職の反対を押し切って、学生結婚して、家を出ちゃったのよ」

「親不孝したんですね」

「でもでも、でも、ちがうのよ。実は偉いのよ。あたし、尊敬しちゃったわ」

「尊敬?」

聞き返す美枝さん。

「親不孝どころか、すっかり親孝行に変身しちゃったのよ。人間て、わかんないわ」

「どういうことですか?」

「御住職が、認知症になっちゃったの。仕事もできないようになったわけ。奥さんとは早くに離婚していたし…。そしたら琴音ちゃん。自宅から何と一時間かけて通い始めたの。毎日よ。それも自分の仕事もやりながらよ。

そのうち御住職が寝たきりになっちゃってね。食べ物ものどを通らなくなっちゃったの。かかり付けの先生が心配して、入院して胃瘻してもらうよう勧めたの。でも彼女、頑として訊かなかった。自分が父の最期を看取りますからって、言い切ったのよ。驚いたわ」

「山野さん、やたら詳しいんですね。まるで身内みたーい」

「あたしだけじゃないわ。近所の人みんな知ってるわ。地元は怖いわよ。ふふふ」

「そうみたいですね」

「さすが御住職の娘ね、芯が強い。もしかして早く家を出たこと、後悔してたのかも。よくある若気の至りってヤツかしら。その気持ち私にも、すごーくわかるなあ…」

感慨深げに言う山野さんを見ながら、美枝さんはたずねた。

「それで、カニクリームで、どうして彼女だとわかったんですか?」

「それよ、それ。そのカニクリーム、実は御住職の大好物だったの。体が弱って食べ物がのどを通らなくなったら、彼女、食べ物を液状にして、スポイトで飲ませるように食べさせてあげてたんだってよ。カニクリームもそうしてあげたんじゃない。柔らかくておいしいんだってさ。彼女、御住職のことしか頭になかったのよ。髪を振り乱したって関係ない。何でも一途。琴音ちゃんらしいわ。でもその御住職も、とうとう亡くなっちゃった。もう二週間くらいになるかしらね。お部屋の後片付けがあるから、琴音ちゃん、今も時々こちらへ来てるみたいだけど…」

(二週間。そうか)

店に来た最後の日だ。彼女の怖いまなざしに、美枝さんが落ち込んだ日である。

(あれが、御住職が最後に口にしたカニクリームコロッケだったんだ…)

フッと美枝さんは、田舎で老人ホームに入っている祖母を思い出した。

今自分と同居している母が、田舎に帰って祖母の世話ができるだろうか…。考えられない。自分にしたって、母が老いて認知症になったら、どこまで世話できるだろう。

地下鉄はW駅に着いた。

「こう寒いとナニが近くなるのよね。お先、行ってちょうだい、私はちょっと」

駅のトイレめざしダッシュする山野さん。

美枝さんは、地下鉄の階段の最上段を見据えた。そして階段を一歩一歩踏みしめながら上っていった。

（〝琴音〟ちゃんかあ。素敵な名前ね。そう、まちがいない。昨日のあの人はやっぱり、御住職の娘〝琴音さん〟だったんだ！）

この場所ですれちがった際の、彼女のまなざしを、美枝さんは、もう一度思い浮かべてみた。

まなざしは、優しく、温かく、そして美しかった。

最上段まで上り切ると、美枝さんは大きくのびをする。

厳寒の空は、抜けるように青かった。

（今日のお昼は、久しぶりに特上の牛丼でも食べに行くかな…）

自分・詩セレクション（二〇〇三年～二三年）

二〇〇三年（五月）

老母の歩

右足、左足…
右足、左足…
ゆったり
もっそり
杖を持つ母の歩に重ねると
元気君たちのピカピカランドセル
街路に咲き乱れるピンクのツツジ
公園をウオーキングする幸せの笑顔
見える聞こえる
五月の輝き

右足、左足…
右足、左足…
ゆったり
もっそり
杖を持つ母の歩に重ねながら
老母の見る夢を
私も見る

月下美人

「何てきれい！」
また一人
つぶやく
年に一度咲かせる
その日のために
夏の暑さにも
厳寒の冬でも

世話を続けられるのは
その人の心に
いつも
美しい花が
咲いているから

（九月）

素敵なデイト

脳天からドラを打ちならしたような猛暑が去っていくと
〝夏眠〟していた老母が
むっくり
起きあがった
手にはピンクの花束
ゆったり
もったり

朝まだきに
出て行った
あわてて追いかける私に
老母の背中は
一言
「今日は泊まってくるよ」
ゆったり
もったり
やがて
小さな背中は
秋色の中にとけ込んでいった

今日はお彼岸
父と再会の日

〝相棒〟

あかちゃけていて
くしゃくしゃ
僕のズック
下駄箱の奥に、そっとサヨナラ
今日からはピカピカズック
気分は上々
でも…
ぶかぶか？
窮屈？
僕の足は拒否反応
下駄箱の奥から取り出す
古物ズック
懐かしそうな顔で
僕の足に
ぴったりやってきた

僕の
〝相棒〟

（十一月）

晩　秋

柿木の　枝よりのぞく　白頭巾
　帰って来たねと　お富士山
丸椅子に　門前の老母　立ち座り
　小春日和の今朝は　デイサービスの日

二〇〇三年（一月）

成人の日

僕の前を通り過ぎていただけだった
君はすぐそばまで来ていたんだね

やっと、今日から君は
僕の恋人さ
その名は？
〝ありがとう！〟

（二月）

われ〝サラダ記念日〟

万智ちゃんで　なくても和歌は　詠めるよと
見栄張ってみる　われ　にわか歌人

父の命日

朝まだき　御仏飯上げ　合掌す
猫背の老母　小坊主の如し

（四月）

ひめゆりの塔
過酷すぎる過去
ならば忘れよと
否、忘れるまいぞ
あまりの過酷さゆえ

（六月）

つゆ雨に　うんざりすれば　するほどに
　　いい顔になる　紫陽花のヤツ
気の滅入る　ニュース見る度　消して点け
　　知っても不安　知らぬも不安

（七月）

九十歳の同窓会

手が震えて返事も書けない
老いを人前に晒したくない
それがどう調べたのか、突然
「みんなでお邪魔するからね！」
かつての職場の後輩から電話
朝からソワソワ
デイサービスも休んで
精一杯の晴れ着をつけ
さて玄関のチャイムが鳴って
訪問客のゾロゾロ
「あのときは、ねえ…」
誰が、どうのこうのと
アルバム広げながら
はしゃいでいる

母

三十年ぶり　嫌だ嫌だの　同窓会
　狭いわが家に　ありがたき友

（十一月）

手押し車の袋には

散歩は手押し車で
前のカゴには思い出をいっぱいつめて
道行く人に会うたび
「今日は良いお天気で」
にっこり会釈すると
「あんなこと、あったよ」
「こんなことも、あったよ」
思い出の品物を配って歩く

カゴの中を空っぽにすると
最高の笑顔で
「ただいまー」

（十二月）

新米・管理人

住民に「行ってらっしゃーい」まだ二年
板につき過ぎ　我にわか管理人

二〇〇四年（一月）

賀状にて〝どうやら越年　できました〟
たどたどしくも　老母の初書

（三月）

兄弟管理人

「やめろ！」
「やめる！」
その日も、口論
ある日、住民の一人に言われた
「ご兄弟、仲がいいんですね」
（えっ？）
その言葉
宝物にしようっと

ただ、人として

夜中の十一時
緊急ボタン
「車椅子がひっくり返っちゃって！」
難病を抱えた一人住まいのＫさん

「身体を持ち上げたら、軽かったなあ」
心配顔でもどってきた兄
数日後、今度は
「トイレの水が流れないんです！」
またも、Ｋさんの悲鳴
すれすれの命、歯を食いしばって生きるＫさん。すっかり管理人業を忘れて、兄は
ただ、人として…

（七月）

便利人

「植木に水やっておいてね
猫に餌をお願いします
避暑に行くので…」
今日もたのまれ
管理人より

便利人

二〇〇五年（一月）

家　族

そばにいれば喧嘩
離れていれば心配

角　度

年ごとに、深く下がっていく私の頭
下がる角度は感謝のバロメーター
たかが角度、されど角度

（四月）

グッド・バイ～管理人退職～

使い古した制服、古いカーテン、机、壁掛け、冷蔵庫、テレビ、ポリバケツ、ごみかご

…

今日でグッド・バイ、みんなグッド・バイ
物にも運命というものがあるのだろうか？
何はともあれ大切なのは
向こう三軒両隣の平和
楽しかったこともかずかずあった
管理人業
心残りは山のようにあるけど
「お世話になりました」と言える
大きな勇気
今は春
今日は旅立ちの朝

（五月）

春の老母

「母ちゃん、ケアマネージャーに、とうとう〝痴呆〟って書かれちゃったよ！　ハハハ」
笑うしかない兄に、笑えなかった私
兄の笑顔に
「感謝」という文字を書く
〝痴呆〟の老母が、今日、父の墓前で
「おん　あぼきゃ　べいろしゃのう　まかぼだら　まに　はんどま　じんばら　はらばり
たや　うん」
お坊さんをやってる

人間・老母

母のもっとも　悲しい時の顔
それはおもらしの　おむつ交換
ケアセンター　休みたがらぬ　わが老母
もしやわれらに　遠慮してるのでは

二〇〇六年（一月）

百円ショップ

柄も良いし、あったか～い！
この手袋、ほんとに百円？
否！　何かある
この百円の手袋のために
今日もどこかでだれかが
泣いている

（二月）

格差の増大

上位二〇パーセントと下位二〇パーセントの所得格差が
'80年には、一〇倍
'90年には、二〇倍
'06年の今年では、一六八倍！

貧困層のこの急激な増大
市場原理に任せるってことは
つまり社会を〝戦場〟にするってことね

(三月)

呼吸はアンサンブル

寝たきりの老母と同じ息を吸い
〝呼吸〟を感じること
世話をしすぎない
それで十分
それが必要
生きることも
人との呼吸
それがコミュニケーション
人の看護も介護も

人間と人間の
コミュニケーション
それが呼吸
三文楽士も同じかな
聞き合っている感覚
感じ合っている感覚
呼吸をよみ合うこと
それがアンサンブル

（七月）

眼底検査
「まっすぐ見て下さい」
「はい、今度は右上を」
「目をパチパチしないで」
ピストルのような器具を目に突きつける

触手は眼の奥に忍び入り
私の心をまさぐる
そして、フラッシュ
もしや
「あなたの心はドブの泥のように汚れていて、もう救いようがない」
と、宣告されるのでは…
「心配はないようです」
「ハーッ」と
大きくため息
「どうかしましたか」
医者が聞いたので
「政治家さんの眼底検査はしないんですか?」
思わず口に出しかけた

いじめの連鎖

電話にて　喋りまくるは　長兄の

独り介護の　孤独の信号
「ルルルルル、ルルルルル…」
深夜の電話が私を脅す
「おむつを替えようとしたら、ひっかいた、唾を吐いた…」
〝ウン海〟で、もがき苦しむ
その長兄は、〇〇氏からいじめられてる
「自転車のタイヤをナイフで切られた」
「胸ぐらを摑まれた」
病気で中学を〝中退〟優しくて正義感が強いが、口の多い小心者でもある。兄は〇〇氏の鬱憤晴らしにもってこいの標的。だがその〇〇氏も、実は社会の中でさんざんいじめられてきた人

兄が母？

「これで夕飯作れよ」
今日もお米とゴーヤを私に持たせる長兄にふと「母？」

（十月）

小春日和

秋のまんなかに
小春日和があるように
人生の秋だって
春がある
年輪を積んだからこそ
ご褒美として見つけられる
小さな春が
きっとある
はず

長　雨

空の涙
秋の涙
流して、流して

流して、流して
流して、流して
砂漠になるほどに
流し尽くせば…
明日は
きっと
小春が
粋な笑顔でやってくるさ

（十二月）

護身術

「ありがとう」　だけは正気の　九十二歳
職員が　唾をはかれたと　連絡ノート
　　唾は老母の　護身術なのだが…

二〇〇七年（一月）

初笑い？

「最後はね、いつもひとりぼっちになった夢なんだよね。ハハハハ」

「…」

（二月）

〝評論家〟

デイケアセンターから帰ってきたばかりの老母のおむつを、まず見て、

「おしめの中にベッタリ、取り替えてないよ。だめだ。目に見えることだけやって」

〝介護士評論家〟の兄。

（五月）

風になって（街の風テーマ曲の歌詞）

一、

あなたと出会って
私は風になった
眠れなかった夜にも
新しい朝が
土笛はうたう
時の過ぎゆく哀しみ
明日の風に乗せて
また歩き始めよう
今はもう翼を休めて
いつかまた大空を飛べるから

二、

あなたの笑顔は

五月の風のように
臆病な私には
木漏れ日のよう
あなたと出会って
私は風になった
眠れなかった夜にも
新しい朝が
今はもう翼を広げて
明日の夢を大空に届けよう
今はもう翼を広げて
明日の夢を大空に届けよう

〈八月〉

認知症？

その日は新米介護福祉員だったよう。長兄が得意気に介護の苦労話をしゃべってた。す

ると突然、部屋の隅で寝ていた老母が、

「ホラ吹くな！」

と一喝。新人さん、介護福祉員さん、付き添い看護師さん、ケアマネさん、そして長兄まで、どっと大笑い。

他人の介護に学ぶ

バンド仲間のTさん、認知症のお母さんが緊急入院と聞いて、

「コンサートの本番とかさならないでほしい」

と祈りながら大阪へ飛んでった。

コンサートが終わって一週間後お母さんが息をひきとった。私がお悔やみを言ったら、

「介護は終わりが長いからねー…」

ボソリと一言、私を心配してくれた。

さらに一週間後、Tさんは、

「やるだけのことはやったから、すっきり、何の悔いもないわ！」

と実に爽快そうだった。

二〇〇八年（一月）

不　安

「〇〇！　〇〇！」

最後の別れみたいに我々の名を呼ぶ老母。

トイレに連れてったのは新人介護士さん

（二月）

ケツ断の時

お年寄りには、食う出すは大切な営み。うまく出せる（お通じ）か否か、それが大問題。

その日も老母をトイレに連れていき、じっと出るまで待った。今日は出そうで出ない。

「座ったままでいてね」

トイレに座らせて替わりのオムツを取りに行き戻ってみたら、あらあら大変！

モノをつけたまま出てきた。

「バックバック、オーライ！」

便座に座らせる

「さあ、ケツ断の時だよ。あと一息、そーれ」

—ジャポーン！

いい音たてて、大きなバナナが落ちた。

「出た？」

「ＯＫ！　何事もケツ断力だね」

と応えると、ニッコリ老母。

（六月）

清き一票を！

次兄が、愛犬ミッシェルを連れて長兄の家に来た。次兄の自慢する賢い犬である。

「○○の候補者は」

「ありゃダメだ」

「○○もダメだし、今はどの政治家も…」

長兄と次兄は、ベッドの老母を無視して、政治談義に熱くなっていた。

と、ベッドからポツリと聞こえた。

「だったら、ミッシェルを立候補させればいい」

「エッ？」

みんな一瞬、時間が止まったような顔。そして突然ゲラゲラ笑った。初めキョトンとしていた老母。話題に合流できた満足感か、すぐに一本とった気分で、いい笑顔になった。

〝みなさん！　ミッシェルに清き一票を！〟

〝老人病院〟

十二時過ぎ。老母は病院のくつろぎ食堂テーブルで、悪戦苦闘で昼食をつついていた。隣には同部屋のAさんが、老母の食べるのをじっと見ている。老母の食事につきあって時折コップの中の入れ歯をとり出し、何度もしゃぶってた。何度か母の昼食につきあった私だが、いまだにAさんの身内らしき人を見ていない。看護師さんは私に言った。

「ご家族が見舞いに来るお年寄りは幸せです」

数日後、私は食堂で母に朗報を。

「来週あたり退院できるんだってさ！」

すると、隣のAさんが反応。

「私も、もうすぐ息子が迎えに来るのよ」と。

嬉しそう。

母が退院して一週間後。久しぶりに病院の食堂に立ち寄ってみた。（いたいた…）

Aさんは、今日も家族連れのお年寄りに、

「私も、もうすぐ息子が迎えに来るのよ」

と、嬉しそうに話していた。

相変わらずコップの中の入れ歯を出しては、しゃぶりしながら…。

二〇一〇年（七月）
笑いすぎてみたら

トイレをすませ、紙パンツを引き上げると、

「ありがとうございます」

老母が、神妙に息子の私に頭を下げた。

「もう自分の息子だとわかってないみたいだよ。ハハハー」と長兄。

笑ったよ、笑って笑って、笑ったよ

（八月）

〝金魚すくい〟

わが母の実家では今「金魚すくい」が流行っている。母と同居している長兄は大のマグロ好き。三日に一度はマグロの刺身だ。

老母は箸でマグロの切れはしをつかみ、醤油につけ、口に運ぶのだが、認知症の母にはこれが難しい。途中で落としてしまう。リハビリの為と、われわれは助けない。そのかわり成功したら、大拍手する。赤いマグロの切れ端は、さしずめ夏の金魚。子どもの頃を思い出しながら、私たちは〝金魚すくい〟だ、と言っては楽しんでしまう。母には、（ゴメンナサイ！）

（十一月）

九千円のカボチャ

一万円のコーヒーという話は聞いていたが、九千円のカボチャというのは知らなかった。しかも四つ切りのカボチャである。

実家へ行く途中、八百屋の店頭のホカホカカボチャ大安売り〟が目に留まった。

長兄達にと、バイクを道に止め、カボチャを持ってレジに行った。レジには三〜四人並んでたから、四〜五分かかったかしらん？

急いで店を出ると、〝駐車取締係〟と書いた制服姿の男性が二人、私のバイクの前にいる。見ると、バイクにすでに駐車違反のシールが貼ってある。

「今ちょっと買い物しただけですよ！」

私はくってかかった。すると二人は、

「バイクから離れると、駐車違反なんです。文句があれば、派出所に行って下さい」

と言い放って逃げるように行ってしまった。

（それはないよー！）

腹の虫が治まらず派出所に行くと、警官は、

「九千円の罰金は確かに痛いねえ」と同情してながら、私の免許書番号を控えた。何かしてくれるのかと思ったら「でもコンピューター入っちゃってるからね。意見があれば交通課にでも行って」と投げ出された。

こうなったら、と私は交通課にも行った。

女性の警官が出て、これまた同情的に、

「大きな声で言えませんが、ここで罰金払うと二点、点数がつくので。請求書が来るのを

待ってからの方がいいですよ」と。

結局、九千円は免れないということだ。

確かに違反といえば、そうだが…四～五分で九千円ていうのはないよ。「この店では二度と買うまい」八百屋に八つ当たり。帰宅して間もなく、長兄から電話があった。


「さすが〃九千円のカボチャ〃ホカホカしてうまかったぞ」と慰めてくれた。もういい。さっさと九千円払って、嫌なことは忘れよう。堪忍してしまった。そして一ヶ月が経った。まだ請求書が来ていない。もしや……私のナンバーを控えていたあの女性警官が…。警察官も人の子かな？

ポッと気持ちが温かくなった。


二〇一一年（三月）　十一日に東日本大震災

ヘルメット

「で、家の中はどう？」ときいた。

「すぐに母ちゃんに、ヘルメットかぶせたよ」

ヘルメットをかぶった老母を想像…。

かなり笑える。でもちょっと備え過ぎ?

心配性の兄は、地震の備えで、ふだんでも部屋の中でヘルメットをかぶってる。

「やりすぎだよ。ヘルメットより机の下だよ」

私が茶化しても、馬耳東風。

ところが、あとから知人にきいてみると、

「今、ヘルメットはどこも品切れなんだよ!」

とまじめに言われた。

(私が社会状況におくれていたの?)

幽　霊

「子どもの幽霊、見たんだって」

「海の方から走って来たんだってさ」

話を聞いていた人たちが
「こわーい!」

「やめてー!」

顔をしかめていると、

後ろからボソボソ声がする。

「残念だわ…私、まだ見てないの…」

二十代くらいの若い女性だった。

しばらく海の彼方に目をやっていたが、

「見つけたら私、思いきり抱きしめてやる！」

突然泣きふした。

女性は三・一一の大津波で小さな娘を流されたお母さんだった

二〇一二年

風　船

フワッと軽い
まるで風船の
この人
遠い昔
私を産んだ、母？

大声で私を叱った、母？
目を赤くはらせて家を出て行った、母？
離すまい
握りしめていよう
風船が空の上に
飛んで行ってしまわないよう

二〇一三年（一月）

めぐる季節

雨が上がった気配に
ドアを開け見れば
雲の切れ間より
空の青
胸のときめく
今朝の秋

耳を澄ませば
校舎の向こうより
乙女らの歌声
爽やかに
何かいいこと
ありそうな
今年も秋深し

二〇一四年（八月）
戦火の中東

今日も銃弾の嵐
あどけない子どもの悲鳴
目を覆いたくなる殺戮に
ただ呆然と立ち尽くす
憎しみが憎しみをよび

繰り返される惨劇
互いが朽ち果てるまで続けるつもりか？
狂気と言わずに何と言う
ああ
人は何の為に生まれてきたのか？
何億、何兆、何京…
気の遠くなる
宇宙の時間
その片隅の瞬間にすぎない
あなたと私の
奇蹟の中の奇蹟の
かけがえのない出会い
それでもあなたたちは殺し合いたいのか！

（九月）

記憶のぬか漬け

今年は、日本列島が夏から秋にかけて、風水害に見舞われた。野菜の高値が続いて買い控えた人も多かったよう。私もその一人、代わりに漬け物をよく食べた。漬け物さえあれば白いご飯だけで十分な私。ぬか漬けは一番。それも母のぬか漬けだ。なすやきゅうりはもちろん、夏は、実を食べた後のスイカの皮の部分もぬか漬けにしていた。もう一度、母のぬか漬けを食べてみたい。だが今の母は終日ベッド。私の名前も忘れるほど。だから脳に刺激も必要。反応がなくてもいいから…。で、その日はぬか漬けの話をしてあげた。

「店で売ってるぬか漬けもあるけど、やっぱり母ちゃんのが一番だよ。また食べたいなあ」

と。すると　びっくり仰天。

「おばあちゃんのぬか漬けはおいしかったな」

突然口を開いた。頭の中のどんな回路を通って、その言葉が出てきたのか…。

母のぬか漬けは、母の母、私の祖母から伝授されたようだ。夫を早く亡くして、祖母はひとりで七人の子どもを育てた。おかずはいつも漬け物だったらしい。母にとっても、祖母のぬか漬けは忘れられない味だった。

今日の私の話題は大成功だった。
脳の奥深くを刺激して、遠い遠い母の記憶を呼び覚ましてくれたのかもしれない。

（十一月）

行ったり来たり

三途の川を
行ったり来たり
百歳になった母の小舟の
行ったり来たり
忘れ物でもしたのか
行ったり来たり

（十二月）

ベテラン介護士？

寝たきりの老母を
日がな一日介護する長兄
世間ではれっきとしたおじいさん
老母のベッドから離れるのは
トイレと食事を作るときだけ
病弱で終生独り身の長兄
介護をやるはめになってしまった
今朝も
台所に立ってまな板をコトコト
甲斐甲斐しく食事を作る
若い介護士が来れば
体験的『介護道』なるものを
説きまくっていた

二〇一五年（一月）

離婚の原因

年末に老母がベッドから落下。救急車で運ばれた。正月の三箇日は介護士さんが休み。
介護通いで、私は正月気分どころでない。
介護の大変さは体験しないとわからない。でも、だからこそ得られるものも多い。
先日「夫婦の離婚の原因は？」とのテレビ番組があった、ある奥さんは言う。
「あなたの実母よ。少しは介護に協力して」
と旦那さんに怒ったら、「お前の仕事だ」と断られたからだと。
「下の世話」に、男も女もない。人として、と言うことでしょうかね。

（二月）

厳寒に　手に夕飯持ちて行く　電車車内
　介護する兄の　笑顔思えば

母ちゃんと一緒に渡るか　三途の川
　老々介護で　笑いすぎる兄

新聞の　たまる家人が　気になれり
　明日はわが身か　このご時世
朝電話　今朝は覚悟か　息を止め
　母の臨終に　添う兄の言
臨終の　母を思えば　店先の
　カーネーション　しばしたたずむ
もういらない　延命器具取る　わが老母
　デスマスク　うつくし百一歳
雲上に　解き放たれし　デスマスク

（八月）

語り継ぐ、蝉？

昨年、七月中はあまり蝉の鳴き声を聞かなかった。これも気象異変？　と思ったら、猛暑の八月になるや蝉の大群。鳴き声の騒々しさたるや、「敵機来襲」の感。夜半は静けさの中ゆえに不気味。というのも、四階のわが家は隣が深緑の森。鳴き声が人の悲鳴にも聞こえてくる。ガラス戸を閉めると暑苦しく、開けると不気味で寝苦しい。お盆が過ぎ悲鳴はさらに鬼気迫ってきた。彼らは死に場を求めるかのようにベランダにやってきて、狂ったようにガラス戸に突進。

うっかりドアを開けようものなら、飛び込んできて「敵艦隊に突撃！」とばかりに体当たり。まさしく「特攻隊」。毎年何匹か、こうしてわが家で討ち死にする。

蟬の討ち死にならら自然の理だ。しかし人間の討ち死にはいかがなものか。討ち死にしかけた蟬をつまむと、突然バタバタ羽ばたき、公園の森の中へ帰って行った。最期の力を振り絞って、何かを伝えに行ったのだろうか…

二〇一六年（三月）

○○ちゃん

三月は別れの季節。母が亡くなって一年。

香川県で生まれて、東京の羽田で育って、ここ東京の練馬に暮らして四十年。もう香川にも羽田にも居場所はない。でも心の故郷は消えない。その思い出のアルバムが、一年前の母の告別式の日にとつぜん開いた。田舎から従兄弟たちがやって来たからである。

—東京駅二十二時発　夜行列車〝瀬戸号〟。翌日昼過ぎに岡山の宇野に着き、宇野港より宇高連絡船で瀬戸内海を渡り、香川県の高松港へ。土讃線に乗り、懐かしの善通寺駅着。祖母の家に行くと、いつも従兄弟が全員集結。トンボやザリガニ。青空に入道雲。車を連ね瀬戸の海に海水浴。パラソル、スイカ割り…。吉田拓郎の歌「夏休み」の世界だ。まぶしいばかりにカラフルな夏休み…。絵に描いたような幸せの時間だった。

その従兄弟達も、今や白髪の六十代、七十代。亡母の話そっちのけで、互いに「〇〇ちゃん」を連発。昔話に花は咲きっぱなし…。

『風が子守歌』歌詞

根雪がとけ　つぼみが膨らみ
海辺の街に　春が来た
沈丁花の花　かおる小道を
あなたの手を引き　口ずさむ
セピア色した　アルバムを
開いてみては　ひとりごと
笑い転げて　遊んだ日々も　今まぶしくて

春が去り　夏が来て
あなたの風がうたってる
思い出のかけら　拾い集めて
私も空の風になる

風が止んで　海面はひかり
山影に鐘の音　響く
麦わら帽子に　潮騒の音
あなたを背負って　夕暮れの道
プラットホームに降り立って
遠い日々の夢を見る
喧嘩をしては
泣いてた日々が　今まぶしくて

『少年は空を見上げて』 歌詞 ～東京練馬光が丘今昔～

かやぶきのやね　ケヤキの庭に
野菜畑の　土の香り
少年は　一日空を見上げていた
ススキの原に　風の音まくら

戦が始まり　お国のためにと
土地を奪われて　村を引き裂く
少年は、若者となり闘いに
爆音の響き　眠れない夜

闘い疲れて　帰ってみれば
外国兵の行き交う街に
若者は空を見上げて言葉なし
金網の向こう　ジャズの音流れる

時は流れて　夢まどろんで
緑の光る　街の外れで
老人は　日がな一日空を見上げて
小さなホームのケヤキの下で

（九月）

文明人って

カッパにヘルメット、　完全武装
戸外はまさに滝のよう
異変に次ぐ異変
想定外の想定外
昨日も今朝も
豪雨に颪に
土砂降りの雨
我々文明人に恨みでもあるのだろうか

頭を叩く、頬を打つ
靴はぐしょぐしょ
足はずぼずぼ
それでも
行かなくちゃ
傘がなくても
約束がある
なぜなら
われわれは文明人なのだから
文明人って…
さみしいね

（十月）

私の中の私たち

セピア色の写真が二枚

私の知る一番古い写真
父と母と長兄の写真と
母の膝に腰掛けているのが
四〜五歳の私
私が知ってる母は
すでに母だった
若かった母を知らない
少女だった母を知らない
でも私の中には、母の血が流れている
それは私の中に母が生きていること
あれこれ悩むと
母も、そして父も、やっぱりこうして悩んだのだろうと
そしてそんな父と母にも
父と母の父と母の血が流れている
それは
私の中に祖父母の血が流れていること

それは
祖父母の視父母の祖父母…の血が
私の中に流れていること

私は、私だけでできていない
私の中には祖先の全ての血が流れている
私は私たちなのだ

（十二月）

冬のスミレ

電車に飛び乗ろうとして財布を取り出すと、ホックがはずれてバラ銭が飛び出しあたり
に散乱
人、人、人…
改札の前を流れ行く
無情の波

「はい、これ」
拾ってくれた
「ここにも」
と、一円玉
乗り遅れたことも忘れたように
見ず知らずの
少女
その名は
希望

二〇一七年（一月）

元旦・富士・私

元旦。五時過ぎに起きて一風呂浴び体を温め街を一回り。ここは東京練馬。マンション最上階に上って東の空を望むと、池袋ビル群、スカイツリーの空が、みるみる赤らんでいく。何と美しいグラデーション。

前日、晦日の夕方の富士も圧巻だった。西の空は息を飲む夕焼け富士。影絵のようにくっきり浮かび上がって、手を伸ばせば届きそうだった。葛飾北斎の富士のよう。北斎の時代とはいかなくても、思いはせめて四十年前、隣の農家の多い街にいた頃へ。当時そこはまだ武蔵野の面影いっぱい。冬の夕暮れには、小道から美しい富士が望めた。これまで、様々な富士に出合った。

少学生時代、東京の羽田から眺めた富士は遠くぼやけて霞んでいた。大人になることへのぼんやりとした不安だった。

中学生になり、教科書で見た北斎の富士はただへたくそにしか見えなかった。

高校時代、太宰治の『富嶽百景』を読むと「富士を好む人は俗物である」とあった。富士山をつまらない俗物だと思うことにした。

大人社会の考えに心が縛られていた。

あれから半世紀。自由な感情になった今、富士は、やはり美しく雄大だ。北斎の富士は限りなく北斎の自由な心の富士である。心を旅させてくれる。地上に降り、富士街道を歩く。道しるべ地蔵の前に立って〝街道〟の行く手遥かを望む。北斎の時代へ…。御富士さんとして親しんだ昔の人々の想いに浸る。

富士は、折々の私の心模様を映す鏡である。

（四月）

美しい間合い

娘は晴れて母の仕事場に
毎朝二人は、一緒に家を出る
娘は母の二、三歩前を歩き
母は娘の二、三歩後をついて行く
母の重荷を少しでも軽くしてあげたいと
前を行く娘
その娘の背に
頼もしい育ちを確かめたいと思う母
二人の中に流れるものは
美しい絵画

（六月）

町おこし

その土地の木材を使って廃屋を再生し、観光用に価値を高め町おこしをした例を、紹介する番組があった。「復古創新」と言う。町を起こすにはいい人材が必要という。

「金を残すは下。事業を残すは中。人を残すは上」と。さらに「経済は49%。文化51%。

1%のこの壁が実は大きいのだ」とも。

フムフム。私も「お金は一時のこと…」お金に負けてきそうだった我が身を振り返ると、
勇気が出る言葉。

つまりは人の力が肝心なのだ。人の力とは文化の力だ。文化こそ〝人を残す〟活動だ。

文化こそ町おこしであり、故郷創世だ。

「よし、地元の〝街の風〟になるぞー」

と自分に、檄！

二〇一八年（五月）

〝街派〟かそれとも〝自然派〟か

定年後に、緑の多い自然豊かな地方に移住する〝自然派〟は多い。でも私は、たとえお金があっても〝街派〟だ。やっぱり商店街の活気はすてがたい、と思いつつ買い物に行くと、

「また、お会いしましたね」

Aさんと会ったのは今日二回目だ。手押し車を押して店の中を歩いていた。よっぽど、このお店が気に入ってるのだろう。

野菜から日用品、コンビニみたいに何でも手軽に買える。駅に近い。いつも活気がみなぎっているお店なのだ。

不思議に思ってたのは、Aさんの手押し車に物が入っていないことだ。お年寄りだから小食にはちがいないだろうが…。

この街で知り合って十数年のAさん。

「若い頃、会社の合唱団でよく歌ってたの」

音楽好きのAさんは、私のコンサートにも御主人と一緒に来てくれた。その御主人を一作年亡くされ、今は一人暮らし。お店で会うようになったのも、その頃からだった。

で、その日、私は思いきって訊いてみた。

「Aさんもこのお店が好きなんですね？」と。

するとにこにこしながら、小声で言う。

「ふふふふ、私買い物に来てるわけじゃないの。このお店、人が多いでしょ。お店の中を、
こうして歩くだけなの。それが楽しいの」

（なるほど。Aさんも『街派』なのか）

ふと、ある作家のこんな言葉を思い出した。

「商店街は、街のダイアモンド」

二〇一九年（五月）

見せない涙

子どもの日に何もしてもらえないと、
それだけで涙がこぼれた
親に気持ちを見せたくて泣いた
涙は子どもにとって便利な武器だった

でも、大人はなぜ涙が出ないのだろう？
泣きながらいつも不思議に思っていた

白髪、老眼になって
昨日は親友のAさんが亡くなった
今日はご近所のBさんが癌だと
Cさんは認知症
哀しいことがいっぱい
実は大人の体は涙でグショグショなのだ
だから本当は
大人って子ども以上に
夢や希望がほしいんだ
たくさんたくさん笑いたいんだ

大人は涙が出ないのではなかった
涙を、見せないだけだった

（六月）

歯痛

歯痛で夜も眠れず呻ってた。

「この痛み、これは生きてるからこそだ。死んだらこの痛みもない。生きてる証なのだ。

生きてるって、素晴らしいことなんだ！」

そこでこんな歌詞を創ってみた。

『生きてるって、ラララ』

1

ドキドキ　ドキドキ　胸ときめいて
今、それは　生きてる証
人として　生きてる証
生きてる　歓び　つかもうよ
ラララララ

2

ボロボロ　ポロポロ　泪こぼれて
そうさ　みんな　かつては子ども
人として　人間として
辛いこと　哀しいこと　忘れない
ラララララ

3

ドキドキ　ポロポロ　心乱れて
そう、それは　生きてる証
昨日があって　今日が生まれて、
そして　明日へ　続く道
ラララララ
そして　未来へ　続く道
ラララララ

（七月）

デスマスクが大切

高齢化社会がやってきた。終活の番組も多い。中高年からもうエンディングノートを勧めている。お墓や葬式はどうする？

毎日テレビコマーシャルでやってる。

百一歳でも延命器具をつけた母。あの光景を悲惨すぎて思い出したくなかった。

四年余りたって今は、お棺の中の童子のようなデスマスクが目に浮かぶ。あの顔をこそ私の目に刻みたい。良いイメージは生きていく力になるだろうから。

つぼみの春　童子となりて　ヒロイン

空を旅行く　百一歳

（八月）

やれやれ

「痛い、痛い！　転んで腰を打った。タクシー代払うから、すぐ来てくれ！」

長兄から電話。またもや大騒ぎ。でも「もしや」の不安もある。声も今日は真に迫っている。電車で約三十分、兄のマンションへ。

玄関先に救急車が来ていた。部屋に行くと救急隊員が二人、兄の脈をとったり血圧を測ったり、酸素吸入機も使っていた。

兄の話では、介護師さんがゴキブリを見つけて「キャーッ」と叫んだ。その声に驚いた拍子に、転んで腰を打ったと言う。

見た感じでは軽いねんざのよう。経過をみようと、隊員さんには引き上げてもらった。安心はしたが…。その後も隣の家から「やたら救急車を呼ばないでくれ」と忠言され、兄は「あんたに言われる筋合いはない」と逆ギレしたらしい。やれやれである。

二〇二〇年（三月）

ホッ！


このご時世である。無言の圧力がある。

電車に乗る際は、絶対マスクを忘れまい。

子どもの時以来、何十年ぶりかしらん？

地下鉄に乗り、ざっと見渡すと八割九割の人がマスク。侵略者〝マスク星人〟の感。

思わず鼻がムズムズ。ここ数年花粉症。いきなりのくしゃみに「ドキッ」とした。

戦々恐々、周囲の様子をうかがう。幸い急停止の非常ブザーを押す人はいなかった。
（ホッ）

もしや。偽札？


コンビニでの買い物。小銭入れに丸めて入れてあった千円札を出すと、若い女店員さんが機械に差し込んだ、だがお札が戻された。

店員さんは、お札を伸ばして入れ直す。それでもまた戻された。

（偽札じゃないですよ。安心してよ）

店員さんは、再度丁寧に丁寧に…、しわを伸ばして、入れた。こちらも気合いが入る。

（今度こそ、大丈夫！）

残念。あえなく戻された。店員さんの深いため息。客の前でダメでしたとは言えない。

そして四度目。渾身の気持ちでお札を伸ばす。だが機械は、またもあっさりNG！

「あの…。もういいですから」

耐えきれずに言う。店員さんは自分の罪であるかのように、冷や汗を拭いお札を返した。

機械って何て不便なんだ！　それとも小銭入れに丸めて入れた私が悪いの？

（四月）　コロナ旋風！

　二〇二〇年
外出はしないでください
人は集まらないでください
時は止まり
風も止んだ
だが、あわてるまい、泣き叫ぶまい
静かに
ポジティブに
一つの希望がある
地球に新しい風が吹くこと
それは、私の時間だけでなく
世界の時間が
共に止まったこと
私は信じている
二〇二〇年と言う年が

私たちが
地球家族だったことに気づいて
世界に新たな連帯が
始まった年だったと
語りあえる日の来ることを

（五月）
コロナ風の吹くわが街では
「――緊急事態宣言が発令されてます…」
ベランダの向こうでは、
今朝もスピーカーから
アナウンスが流れる
その声がかきけされそうに
ワイワイ、ガヤガヤ…
ピーピー、ボンボン…

塀にボールをぶつける音
走り回る靴音
小さな公園を、あっちもこっちも
子どもたちの
顔・顔・顔…
そして、笑い声
何て、生き生き、溌剌
わが街に
こんなに子どもがいたなんて
忘れていた　子どもたちの街
「三つの密を避けましょう…」
今朝もスピーカーからは
流れる、虚しく

一方特大のＨ公園では、
フルート、トランペット、サックス、大きなチューバまでも…

若い音楽家の練習で賑わっていた。
コロナ明けには、
舞台があるのかもしれない。
その後、
練習会場が使えるようになって、
パタッと人影はなくなった。
人は目標さえあれば、
諸々の困難も工夫して
乗り切れるもののよう

（八月）

昭和の夏

遅い梅雨明け。いきなりの夏。ランニング一枚でゴミ出しに。ドアを開けて「ハテ？」と。このかっこうでは…と躊躇。
子どもの頃。夏の子どもの出で立ちは、汗で汚れて黒ずんだランニングに半ズボン、ゴム草履、捕虫網、麦わら帽で、山へ虫捕り。網とバケツで川へフナ捕り。日焼顔で、すいかにかぶりつき、したたり落ちるアイスキャンデー…。こんな懐かしの風景も、アルバム〝昭和の夏の子どもたち〟入りね。

慣れの力

慣れってスゴイ。今年の三月頃、この勢いで増えれば街中〝マスク星人〟に？　と冗談のつもりでつぶやいた。四月五月、冗談がほんとになった。街はあっという間に、〝マスク星人〟

だが恐れるに足りない。我々はあっという間にマスクを制服にしてしまった。制服を着けない者を白眼視してしまうほどに…。さらにはマスクファッションまで…。まったく、早く慣れたが勝ちだ。

でも慣れは我々の生活に必要なのだ。慣れは平和の道にも通ずる。様々な人種の人が日常に居れば、人種の違いを奇異な目で見なくなる。偏見や差別もなくなるはず。ひいては人類みんな兄弟で、国家間の争いもなくなるのでは…これって楽観的過ぎるかしらん？

（九月）

コロナ&カブト虫

この半年余りで、密閉、密集、密接の〝三密〟を避ける日常にも、やっと慣れた。

コロナの第二波がやって来た五月頃は、

「コロナがうつるから、来なくていい！」

と兄に言われて正直「ああ楽！」と思った。

ところがどっこい、電話が頻繁になった。

地震や洪水のニュースを聞けば「大変だ！」

体調が悪いと「もう死ぬ」と叫ぶ。

こちらも疲れ気味。夜中は留守電にさせてもらった。「これで安心」と思いきや。警察に「怪しい物音がする」と電話する。ご近所で〝有名人〟になり始めている。

夏が過ぎて、ようやくコロナが収まった。

マスクで防御。再び兄の家に通い始めた。

買い物、掃除、紙パンツの袋詰め、流しの洗いもの、どんな不平不満話にも「うんうん」と頷いてあげていたら、すっかりご機嫌。あげくに「お前、介護士にならないか」と。

兄は、植物・動物の異常な愛好家。食べたアボカドの種を棄てようとすると「棄てるな。

植えるんだ！」と。ゴキブリを見つけると、

「ゴキブリも生きものだ。優しくしてやれ！」

だから下手に片付けない。倍返しがくる。

その日も、家に帰ってホッとしたのもつかの間、半端ない逆鱗の電話。「お前、ゴミと一緒にカブト虫、棄てただろう！」と。

そう言えば数日前、兄はカブト虫を、嬉しそうに掌にのせて遊ばせていた。

「掌をひっかくんだよ。母ちゃんもよく爪でひっかいてたから、母ちゃんがカブト虫になったんだ」と言うのである。

そう言えば忘れもしない。母が臨終の時だった。長兄の願いで延命治療をしたが、甲斐なく亡くなった。すると兄は。「もっと生きられたはずだ。あの医者を訴えてやる！」と憤激し、周囲を唖然とさせた。

長兄の母への想いはこわいくらいである。

それから数日後、カブト虫は廊下のゴミ山に〝死体〟で埋もれていた。発見した私は聞こえよがしに「〝母ちゃん〟ここにいたぞ！」と濡れ衣をはらした。ところがその日はなぜか、兄の耳はかなり遠くなっていた。

（十一月）

第二のふるさと

収束してホッとしたのもつかの間、コロナ第三波がやってきた。

その日は小春日和。コロナ鬱を吹き飛ばしたく笛を持って光が丘公園に行くと、いずこも同じ、親子連れがいっぱい。気持ちよく練習した後の帰り道。

「ホリセン？　ですよね！」

はじけるる声に、ペダルの足が止まる。

（ホリセンって？　何で知ってるの）

ふり返ると、自転車の前のかごに二、三歳の子を乗せた若いお母さん。

「あたし。〝のびのび〟のミカです」

マスク顔でも、かすかに見覚え…。

「えー？　あのミカちゃん」

思い出せばもう三十数年前。学習塾をやっていた頃だ。自転車で十五分。公園の隣の団地で、夏休み〝のびのび教室〟をやった。

あの時二年生なら、もう四十歳は超えているはず。いつも悪ぶってた子の印象だった。

「みんなで三宅島にも行きましたよね！」

当時を懐かしむ、すっかりお母さん。今も同じ団地だという。と言うことは、かわらぬご近所さんだ。

「これからもご近所づきあいよろしく！」

（『また逢う日まで♪』尾崎紀世彦？）

何十年ぶりの再会に、この街が第二のふるさとになった感だった。そう言えば。昔こんなフォークソングもあった。

「若いって素晴らしい！♪」

二〇二一年（一月）

元旦の計。コロナに学ぶ？

＊１９１８年スペイン風邪の教訓。
「人はパンデミックな時、短絡的な方向に流れやすい、為政者の言動に要注意」
＊ピュシス（自然）とロゴス（論理、言葉）
「人類はピュシスから自由になり、ロゴスによって文明を手に入れたが、ロゴスだけでは生きられない」とある。つまりこうかな？

「汚れた自然を排除し、ビニールやプラスチックゴミ…の使用によって、快適で美しい生活を手に入れた。その結果、CO_2、海洋汚染、人類は自滅の道へ突き進んだ。人はひたすら快適だけでは、生きられない」

「ふむふむ」久々に、わかる歓びを味わった。

勇んでスーパーへ買い物に行った。そして今日も元気に言った、

「ビニール袋、五円ですね。お願いしまーす」

私って、オバカサン！ね。

（三月）

心の復興

東日本大震災から十年。震災から十年の〝特集番組〟でアンケートをとった。

「この十年で復興したと思いますか？」

すると半数以上が、復興していないと。

建物は立派になり、半数くらいの人が戻ってきたけれど「人々の賑わいがなくなった」と言う。人の心は分散されたままで、心の復興はされていないと言うのである。

改めて噛みしめる。賑わいのある街。喜びも悲しみも分かちあうから、我が街。コロナが怖いのは人を分断させるからなのだろう。

被災する前、仙台で音楽仲間と、何度か『里帰りコンサート』をやったことがある。その一人は海の見える街、被災した閖上の出身だった。ご自宅に訪問した。その思い出をヒントに歌を創った。

『夏色の秋桜』歌詞

小麦色の風に　稲穂はゆれて
通い慣れた思い出の道　海辺の街へ
夕暮れの風に　潮の香りのせ
幼なじみと　街のピザ屋で語り合ったよ
夏色の秋桜　そよぐ日
波にゆられ　一人小舟で　島の海へ

＊帰ってきたんだねと　繰り返す波の音

(四月)

スリル、スリル

オリンピックという〝祭り〟で盛り上げ、一方緊急事態宣言で盛り下げる。
(オレたち。一体どうすりゃいいのさ?)
ぶつぶつ言いながら、いつもの店に入って、買い物をし、列に並んで「ハテ?」と。
マスクがない。マスクのつけ忘れは、間々あるが、いつも玄関先で気がつく。
買い物を済ませては、初めてだ。
(今さら引き返せる?　物を棚に戻して店を出る?　カゴごとどこかに置いて…)
焦った。迷ったあげく、手で口と鼻を塞いで、そのまま列に並ぶ。
(レジ前では黙ってお金出すから、ご勘弁!)
やはり周囲の視線が気になる…。とその時だ。(えっ?)
何と前の人がハンカチで口を塞いでいるではないか!　これって?(まさか)
よもや私と同じ〝境遇〟の人が…。こんな偶然ってあるの?

仲間がいるってこんなに勇気が出るもの。
マスクのいらない日が待ち遠しい。

一件落着？

その日は土曜日、長兄の家に行く日だった。いつも買い物の注文で電話がくるはずが今朝はまだない。たまには休みたい。だが休めば部屋のゴミは溜まる。流し台に食器が溢れる。あてにされていると思うと、やはり休めない。

長兄の大好きなうどんの代わりに、今日はスパゲティを詰めて、準備完了。電話を入れてみた。なかなか出ない。耳も遠いから、起きてても近くにいないのかも…。

地下鉄で三十分余り。マンションに着くと鍵がかかってる。インターホンを押した。ケイタイもした。ドアも叩いた。応答なしだ。

（もう昼過ぎだというのに…。もしや、心不全か脳血栓か、あるいは足元がふらついて、倒れて頭を打って、そのまま…）

不吉な予感！

（警察が来て私の取り調べ？　葬式の手配…お坊さんは…誰も来ないから必要ないか？）

最悪のシナリオが次々浮かぶ。

（とにかく警察に鍵を開けてもらうしかない…その前に次兄に電話しよう）

「心配してたんだ。実は昨日、朝電話があったきり、ぜんぜん電話がきてない。いつもは夜中でもかかってくるのに…」

　次兄も心配してたよう。やはり何かあったにちがいない。署まで約十五分。次兄と一緒に警察に行く。署内に入ると奥から数人警官が出てきて、早速に長兄との関係、私の住所氏名、生年月日、職業など細かく尋ねられた。

「鍵は壊すことになりますが、破損費用はそちらで払ってもらいますよ。準備しますので、そちらでお待ち下さい」

　仕事とはいえ、真剣な対応に頭が下がる。

「念のためもう一度かけてみるよ」

　準備してもらう間に、次兄が電話してみた。

「…え？　いるの」

「兄貴。いたよ。通じたよ」

「どうなってんの」

　ちょうど向こうから三〜四人、さっきの物々しい装備をした警察官が出てきた。

「すみません。通じたんです！　かなり熟睡していたみたいで…」

ひたすら平身低頭。どんな小さな穴でもいい。穴があったら入りたかった。

「そうですか。でもよかった。また、何かありましたら、ご連絡下さい」

恐縮するばかりの我々だった。

電話口の長兄は「聞こえない。お前は誰だ！」と、次兄に憤慨していたらしい。

次兄と別れ、私だけ長兄宅に行った。インターホンを押した、電話もした。応答なし。

仕方なく、手提げにスパゲティのパックとメモを入れ、ドアにぶら下げる。

その晩、悶々として長兄の電話を待った。（スパゲティ、怪しいと思って棄てたかな？）

電話はこなかった。

だが翌朝、待望の電話だ。なぜかご機嫌。

「お前、電話したか？　袋にぶら下がってた〝うどん〟食べてやったぞ。うまかったぞ」

兄のいい顔が浮かんできた。

（あれ、スパゲティなんだけど…）

正したかったが、電話では止めた。かわりに、私は受話器につぶやいてやった。

（兄ちゃん！　やっぱり葬式はやる。誰も来なくていい。百人分泣いてやるよ）

（十一月）

ジェンダー平等だから…

長兄が、長期入院。本人には悪いが、この間に部屋の掃除をさせてもらうことにした。チャリでも四十分、部屋の掃除通いである。

その日の私の髪は、伸び放題（オバサンっぽいがジェンダー平等だし、まあいいか…）

「いざ出陣！」と慌ただしく出発。

掃除の苦労はと言えば、要・不要の分別。

使えそうな物は、チャリの前後に載せて持ち帰ってくる。夕暮れ時、私は重い袋を前後に載せて、よたよた商店街を走っていた。

「危ない！」

よろけた拍子に「バサッ」と後ろの小間物入りポリ袋が、通りに投げ出され、散乱。チャリを止める。と今度は前の籠に載せた荷物の重さで、ひっくり返りさらに散乱。向こうからは大型バスだ。これぞ本当の万事休す！と「ありがたや！」。荷物を運んでた兄ちゃん、チャリを止め一緒に拾ってくれた。バスは停止。さらにパリッとワイシャツ姿の中年紳士も「慌てない慌てない。落ち着いて」と声をかけて応援。（ありがたや、ありがたや、神はいた！　人を信じよう…）

「ドウモドウモ」ブツブツお礼を言いながら私は中年紳士に頭を下げ、チャリに乗った。と、その紳士が。

「じゃ、気をつけてね。〝お母さん！〟」

（〝お母さんって〟だれ？）

ふりかえったが、暗がりで、紳士の顔はわからない。

（まあいいか。ジェンダー平等だし…。よし明日こそ、髪を切りに行くゾーー）

二〇二二年（一月）

別れ

当直の医師から、突然長兄の死亡通知を受けた。息を引きとったのは、夜中十一時二十六分。翌日、次兄と病院に行くと、すでに兄は病院の別棟に安置されていた。デスマスクは、丸々としていた生前の兄とは似ても似つかない。頬骨が浮き出るほど肉が落ちて、老いて小柄な父方の祖母を思い出させた。

四日後の木曜日。次兄夫婦と姪、我々夫婦の五人で、朝一番に出て簡単な葬儀をする。部屋が花畑になるほどに花好きだった兄。

お棺にも、生花と一緒に兄の撮った花の写真を散りばめた。花束の大輪の中に眠る兄は、どこそこの王子のように美男子だった。

焼くこと五十分。粉々の骨になった兄を骨壺に入れ、合掌。葬儀屋さんにお礼。

覚悟はしていたが、それにしても、あっけない。人は身近な人を、一人また一人失っていく毎に、生きてる意味を問うてしまう。一つ一つのものやことに、愛しさが湧いて、人にも優しくなる。老いも悪くない。物事には、限りがあるから美しい、愛おしい。

兄ちゃん

がらんどうになった部屋
棄ててみては、
ひろって
また、棄てて
また、ひろう
物は、棄てても、すぐまたひろえる
でも…
閉鎖病棟に

〝棄ててしまった〟兄ちゃんは
そう易々
ひろい出せない

否！
今朝、兄ちゃんは
ひろえなくなってしまった
――時間よ、もどれ！
――時間を、返せ！

償　い

「運命なんだよ」
「自業自得だし」
などと、口が裂けても言えない
「償い」という名の鳥が
私の周りを飛び回っている、

「向こうへ行け！」

いくら追っ払っても、きかない

感謝できる自分がいい

夜中に大声を出す。非常ベルを鳴らす。紙オムツで徘徊する。ドアを叩く…。

兄はマンション住民に、さんざん迷惑を掛けた。私は住民の方や管理人さんに会う度、

「ご迷惑掛けてます！」と、頭を下げる。

兄の診察に来られた訪問医さんや、看護師さん、介護士さんには、とりわけ、

「お世話になりました！」

深々と頭を下げた。そのおかげかな？ 私は人に会えば、頭を下げる癖がついた。

悩ませてくれた兄のおかげで、たくさんのことを学んだ。人への感謝が体に染みついた。

「ありがとう！」

心から頭を下げられる自分って、いいなあと思う。長兄が私にくれたプレゼントだ。


『母が二人…』

子どもの頃から、母が長兄にどことなく冷たいのを感じていた。顔も性格もちがうので、

「どうして、兄ちゃんと似てないんだろね」

おもしろ半分でよく言ってた。すると長兄も、

「ぼくは、木の根っこから生まれたんだ」

と、笑いながら、気楽に返してた。

よもや、本当に異母兄弟だったとは…。

私の結婚の際、戸籍謄本を見て理解した。

長兄は一歳で、実母と別れている。

「何で、あの父が、長兄を引きとったのか」

不思議だった。長兄に実母と連絡をとってた気配もなかったし…。そうか、実母は病死だったのかもしれない。私は勝手に納得した。

長兄は、私と母が違うことはうすうす知っていたよう。書庫にはなぜか「家なき子」「母を訪ねて三千里」の本が目立ってた。今にして思い出せば、いろいろあった。

母方の祖母が母に、よく「悪かったね」と謝ってた。「何のこと?」不思議だった。

あれは母に連れ子の父と結婚させたことを、祖母が後悔した言葉だったのでは…。

夫を亡くした母方の祖母は、一人で七人の子どもを育てた気丈な女性で、それなりの醤油屋の娘で気位が高い人だった。孫の私にも膝の上に座らせないしつけの厳しい人だった。

床の間にはいつも琴や三味線が置いてあり、琴を弾いているのも見たことがある。一方父方の祖父は、明治天皇を追慕する「明治節」を作詞した歌人である。記念碑が立つほど知られた教育者でもあった。祖母はその家柄を考えて、相手が子連れの父でも、母を嫁がせたのではないか、私の推測である。

当の父は、文人と言う器ではない。ぶっきらぼうで世間知らずのぼんぼんである。祖母は、そんな父と結婚させたことを、実は母に詫びたかったのでは…。愛国主義の祖父でも、子ども達には放任主義だったよう。父は我々子どもたちの生き方に干渉しなかった。私は気楽だった。むしろ母の方が学歴などを気にした。

母は確かに大変だったろう。喘息で毎晩「ゼーゼー」やってる兄の背中を夜を徹してさすってた。医療費もかかって生活も大変だった。

幼稚園教諭だったのに家でオルガンを弾くのを見たことがない。夫婦喧嘩もお金が原因だった。「あんたの給料で、養えないじゃない」が母の捨て台詞だった。

兄の喘息は大人になっても治らなかった。仕事に就いても長く続かない。一番続いたのが、住み込みのマンションの管理人である。それも私と、退職した父が手伝ってた。

結婚せず両親と同居。根っから優しい性格の兄だった。花好き、虫好き、動物好き、小鳥や金魚も飼ってた。父亡き後、認知症になった母を昼夜分かたず看病。食べられなくなると、流動食をスポイトで口に注いでいた。涙が出るほど、それは甲斐甲斐しかった。

母がもう長くないからと、医者に呼ばれたとき、次兄も私も「百一歳だから自然のまま」を望んだが、長兄は頑として延命治療を要求。

母を失った兄は急に耳は遠くなり認知症の症状。部屋は次第にゴミ屋敷に…。気持ちの優しさは、臆病で恐がりやと裏表である。不安になると、夜中でも我々に電話がかかった。我々に通じないと、警察に電話。訪問医に聞くと、認知症というより、精神疾患があるとのことだった。

生い立ちからの不遇が要因だったと思う。

子どもの頃は病弱で運動は苦手、鈍くさく不器用で不格好なので、たまに学校に行っても、いじめられた。時代も時代だったので、先生にも度々殴られた。環境に恵まれなかった。精神疾患になっても無理はない。

それでも、母が亡くなって数年後、いい介護士さんがいて、私と三人で仲むつまじく食事したひと時があった。寿司を奮発してくれた。あの頃は冗談も言っていた。笑顔もあった。まるで介護士さんへの恋心かとも思われるほど、何ともいい笑顔だった。

だが病状は確実に悪化。階下にまでの水漏れ、紙オムツで徘徊、暴言、幻聴も出て、夜中に非常ベル。近隣からも苦情が出るようになった。ケアマネージャーから、精神科に入院させるよう言われた。だがそれを口にすれば、兄は逆上する。私は拒んでた。でもそれは時間の問題だった。私も周囲の援助も限界。取り返しのつかない事件を起こす前にと、長兄を「医療保護入院」の名目で、やむなく「強制」入院させた。

その日、介護車で搬送中、長兄から投げられた言葉を、私は一生忘れるまい。

「運転手さん引き返して下さい…何で黙っているんだ！　お前はぼくを殺す気か」

それから二ヶ月余り、年を越えた1月末。病院から兄の死亡を通知された。以前から抱えていた癌が死因だと…。

食欲が落ち、点滴だけで命をつないでいた。

兄の世話をしてくれた看護師さんが、最後に話してくれた。

「寝たきりになっても、『お母さん』って呼んでましたよ」と。私が「『かあちゃん』じゃないですか？」と聞いたら「はい、『お母さん』でなく『かあちゃん』でしたね」とクスクス笑ってた。「乱暴もなく。かわいいくらいでしたよ」と付け加える。

（いい看護師さんに恵まれた…）

遺体を葬儀屋さんの車に乗せ終わったところで、一旦引き返した看護師さんが、また戻ってきた。

「忘れてました。あの…これ、お兄さんの使われたものです」

―ひげそり、タオル、上履き、歯磨きチューブ。水飲みコップ…。一つ一つに〝堀沢〟の名札が張ってある。胸が詰まった。

長兄の家の本格的な片付けが始まる。必要な物と処分する物、一つ一つより分けるのである。大変な作業だった。

その日タンスの引き出しの奥に、桐の小箱があった。何通か大切そうな手紙があった中、一枚の年賀状に、私の目が留まった。

「からだに、気をつけてね」

―前川美智子。

戸籍謄本に記載されていた兄を産んだ女性の名だった。「平成九年」とある。つい二十数年前のことである。病死ではなかった。長兄は、実母の生きてることを知っていたのだ。

著者プロフィール

堀沢 広幸（ほりさわ ひろゆき）

香川県出身、東京都在住。

フォルクローレ歴35年フォルクローレバンド「カンチャイ・モコ」代表。

地元で「街の風コンサート」を続けて18年。オカリナ教室をやって10年。

ケーナ、サンポーニャ、オカリナ、ギター、チャランゴ、三線の奏者。

音楽活動とともに、エッセイや童話の創作もライフワークにしている。

著作『三文楽士は飛んでゆく　フォルクローレを奏でつつ、人間を愛しつつ』（文芸社　2011年）

三文楽士はかくつぶやく

2023年１月15日　初版第１刷発行

著　者　堀沢 広幸
発行者　瓜谷 綱延
発行所　株式会社文芸社
〒160-0022　東京都新宿区新宿１－10－１
電話　03-5369-3060（代表）
03-5369-2299（販売）

印刷所　株式会社平河工業社

ISBN978-4-286-26088-4